MOGU MOGU

蘑菇濃湯

Light 008
MOGU MOGU 蘑菇濃湯

作者：小啼大作兒童音樂社有限公司｜插畫：混合編碼 MixCode
插畫協力：Amy Wang｜設計：Amy Szuyi Chang
裝幀設計：Dinner illustration｜校對：李映青
行銷企劃：呂嘉羽｜業務主任：楊善婷
發行人：賀郁文｜副總編輯：吳愉萱
出版發行：重版文化整合事業股份有限公司
臉書專頁：https://www.facebook.com/readdpublishing
連絡信箱：service@readdpublishing.com
總經銷：聯合發行股份有限公司
地址：新北市新店區寶橋路235巷6弄6號2樓
電話：(02)2917-8022｜傳真：(02)2915-6275
法律顧問：李柏洋
印製：中茂分色製版印刷事業股份有限公司
一版一刷：2024年02月｜定價：新台幣499元
ISBN：978-626-97865-2-7
Print in Taiwan. 版權所有，翻印必究。

這裡是一座蔬菜森林。

是在下午 4 點 44 分，

絕對不可以走在路上的蔬菜森林。

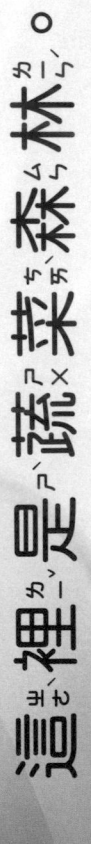

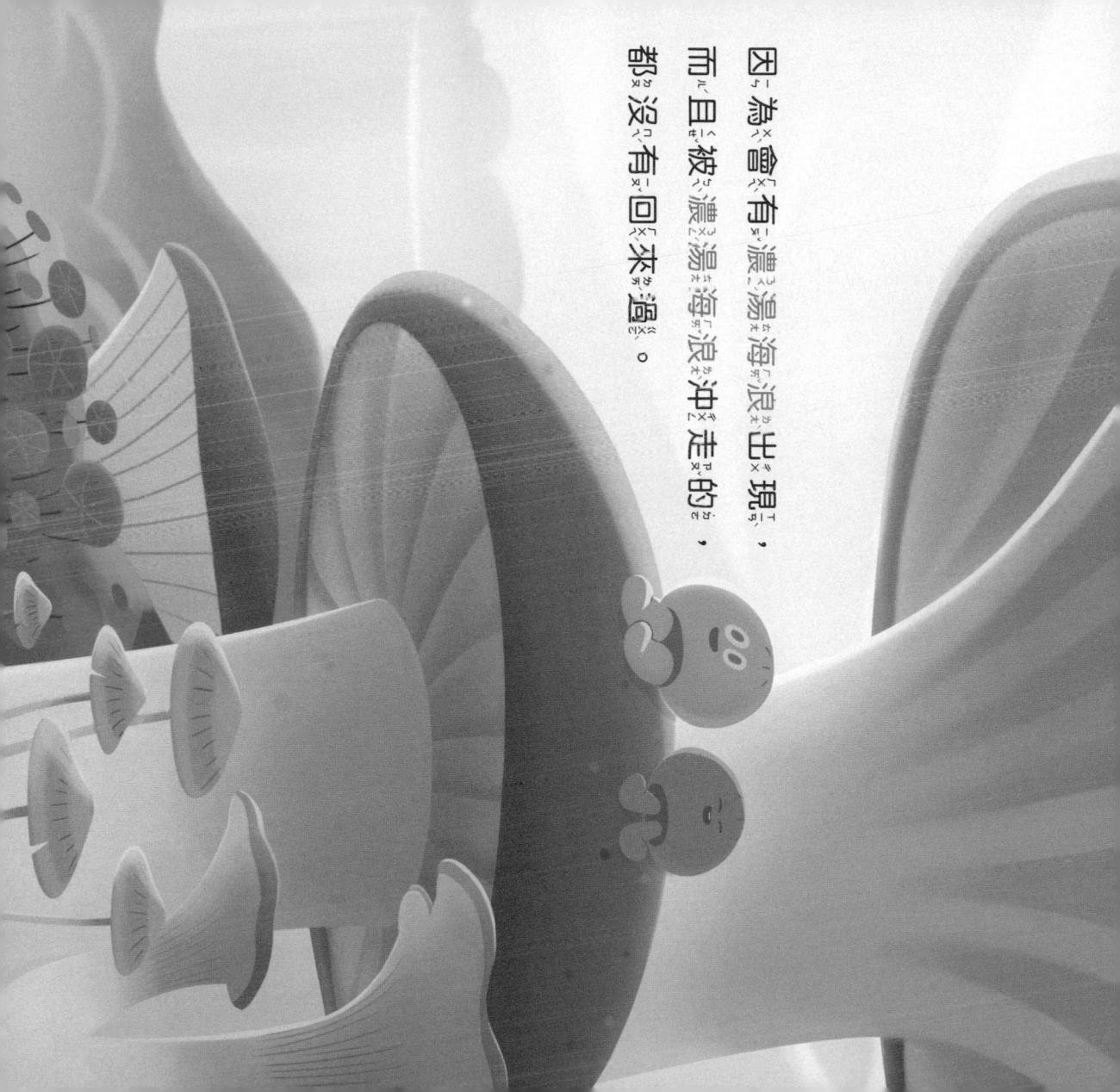

因為會有濃湯海浪出現，
而且被濃湯海浪沖走的，
都沒有回來過。

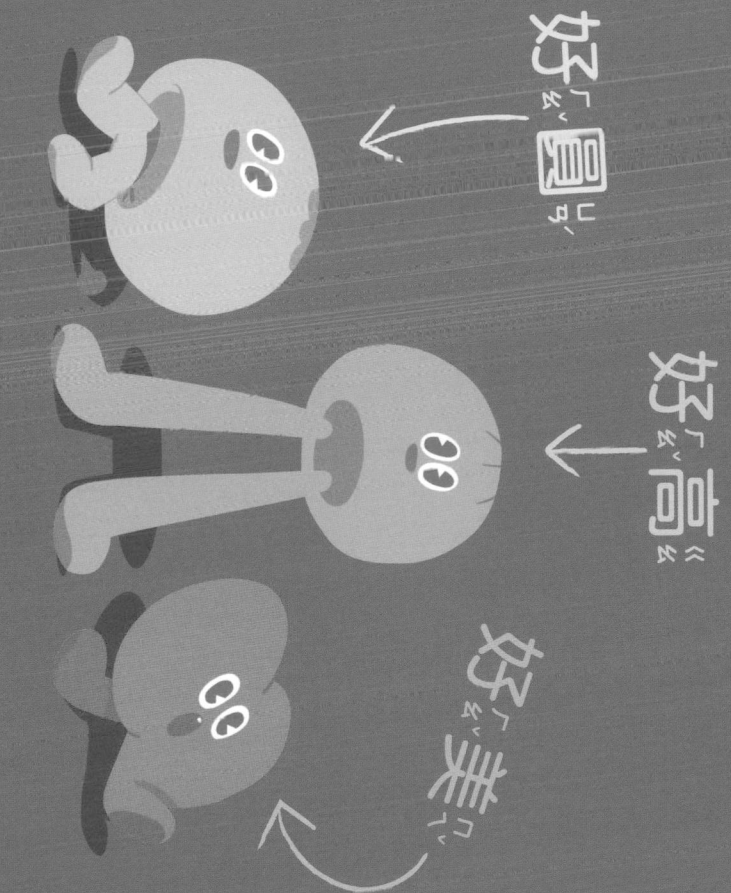

好ㄏㄠˇ圓ㄩㄢˊ

好ㄏㄠˇ高ㄍㄠ

好ㄏㄠˇ美ㄇㄟˇ

新ㄒㄧㄣ搬ㄅㄢ來ㄌㄞˊ的ㄉㄜ蘑ㄇㄛˊ菇ㄍㄨ們ㄇㄣ，

並ㄅㄧㄥˋ不ㄅㄨˋ知ㄓ道ㄉㄠˋ蔬ㄕㄨ菜ㄘㄞˋ森ㄙㄣ林ㄌㄧㄣˊ，有ㄧㄡˇ這ㄓㄜˋ個ㄍㄜˋ規ㄍㄨㄟ矩ㄐㄩˇ。

他們　大刺刺　的在下午 4 點 43 分，
走在濃湯路上。

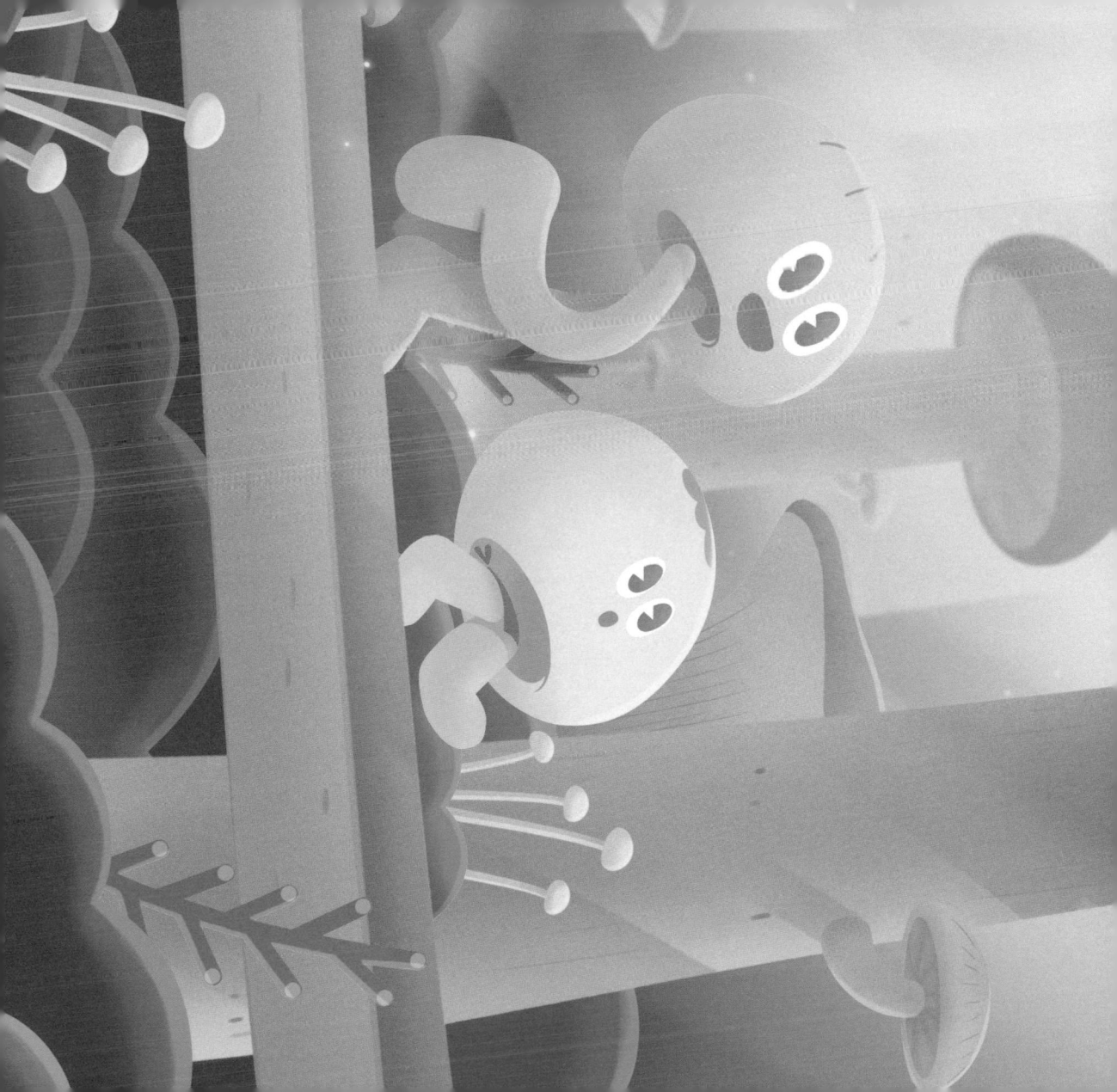

我們好像搬到一個很無聊的地方欸！

路上一個人都沒有。

蔬菜森林，好安靜喔！

這些蘑菇們怎麼會
在這時間散步呢？

是發夢、奪、壞掉了嗎？

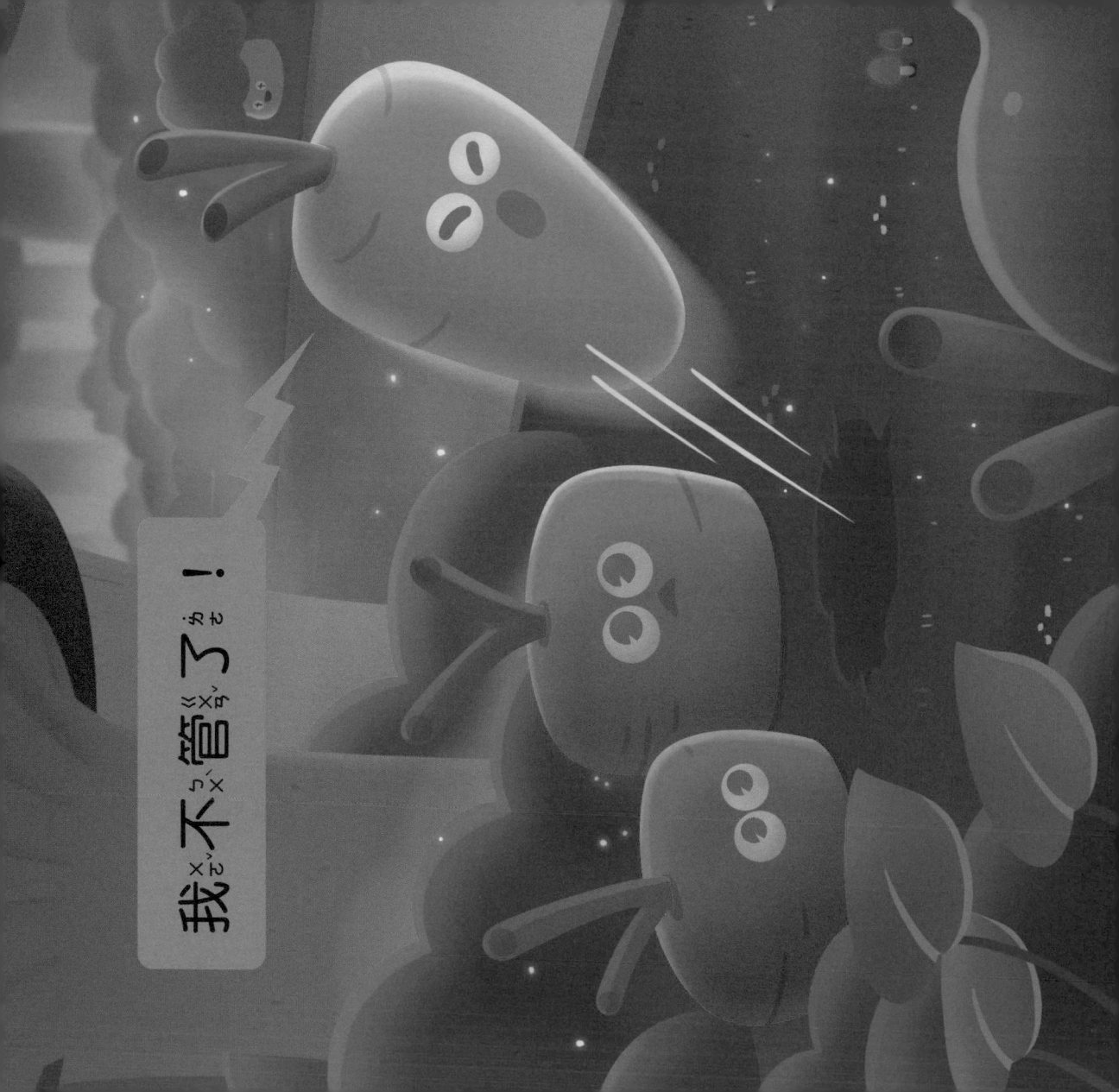

我_{ㄨㄛˇ}不_{ㄅㄨˋ}管_{ㄍㄨㄢˇ}了_{ㄌㄜ˙}！

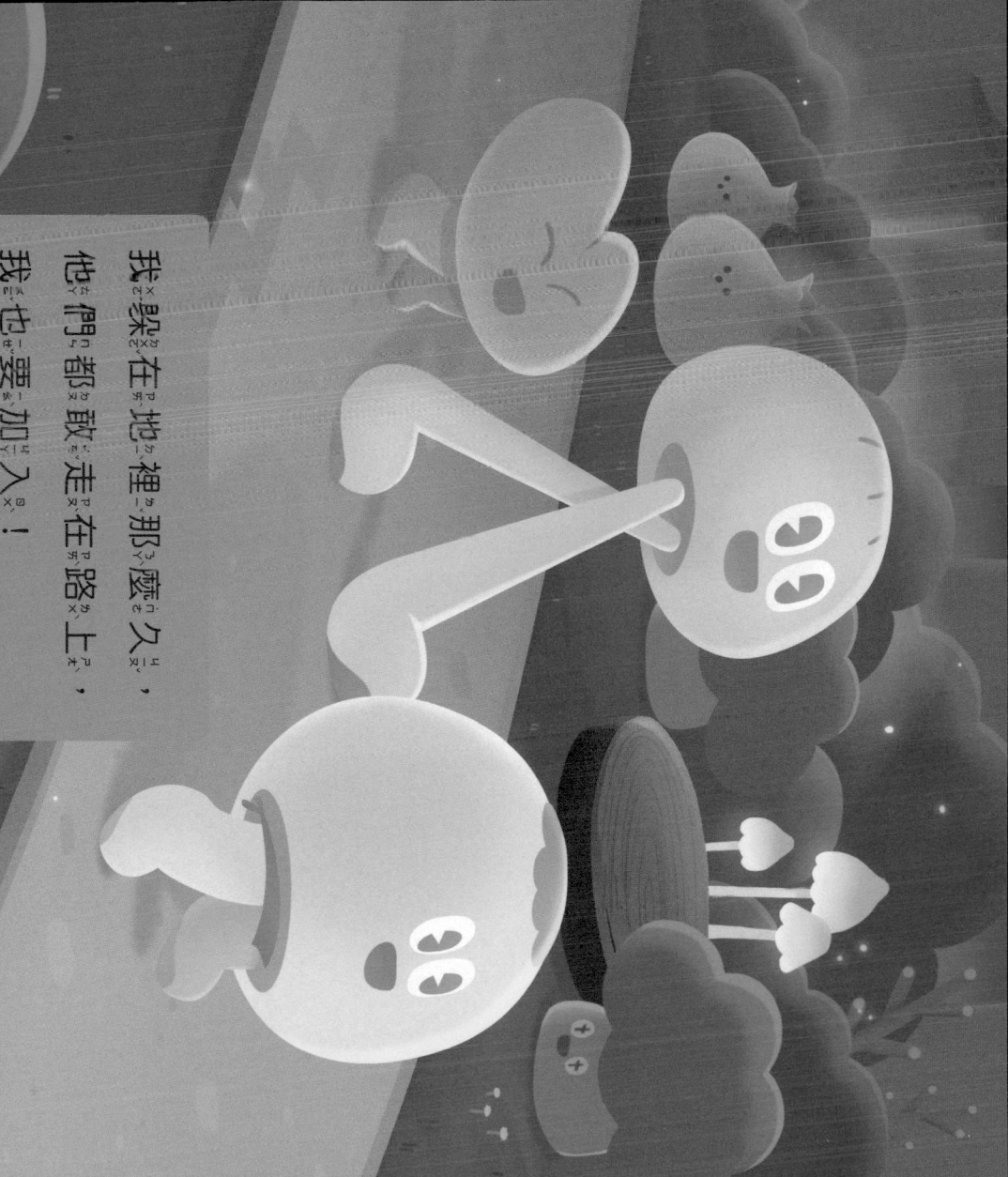

我躲在地裡那麼久，
他們都敢走在路上，
我也要加入！

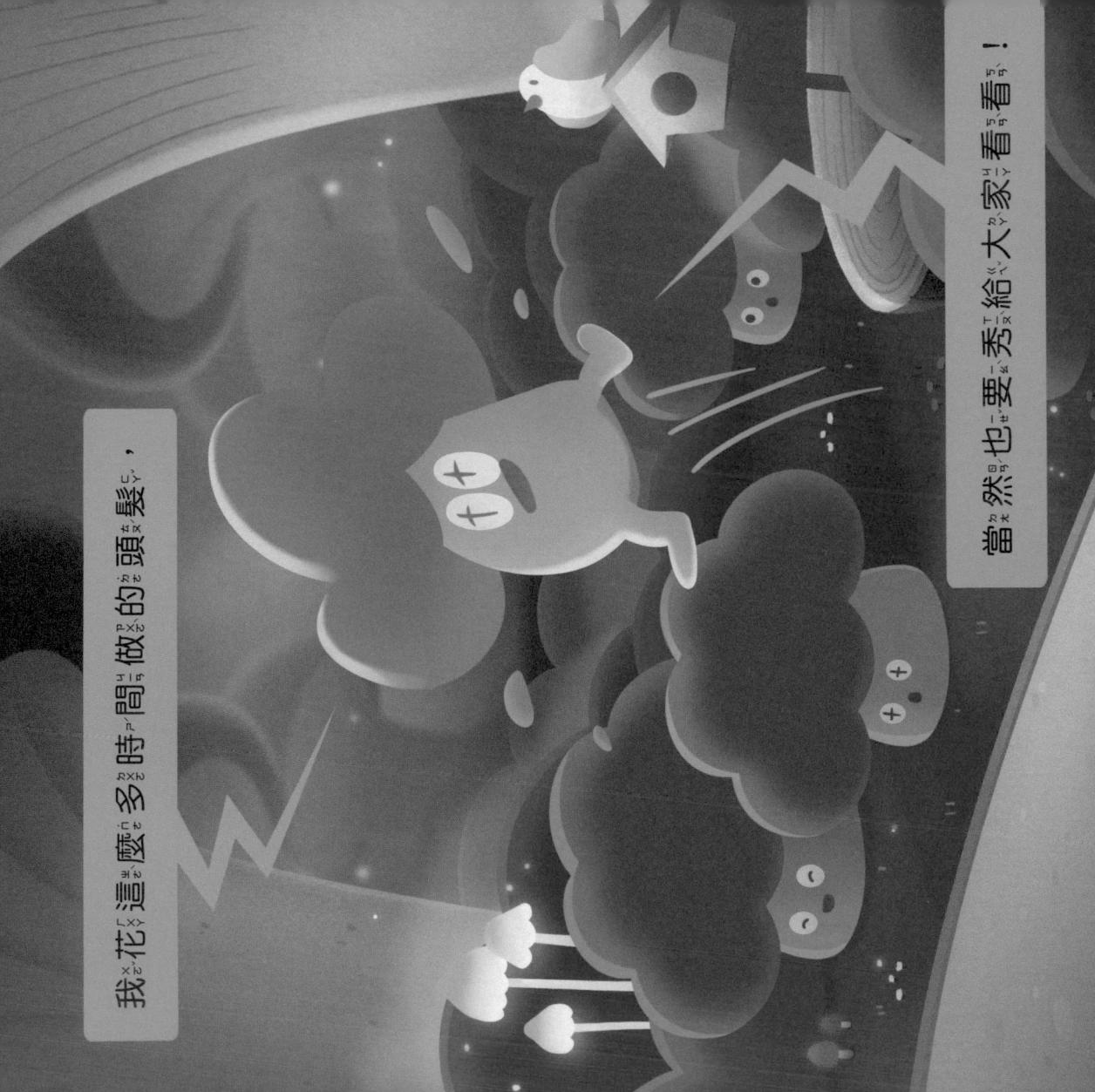

我花這麼多時間做的頭髮，

當然也要秀一秀給大家看一看！

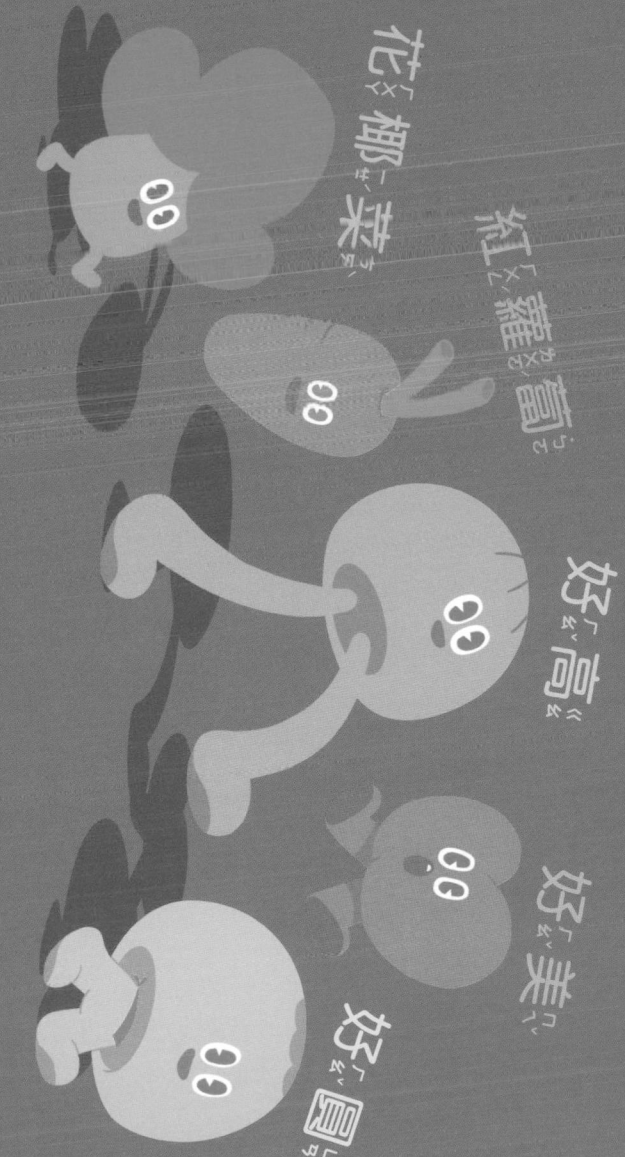

花椰菜

紅蘿蔔

好高

好美

好圓

大步大步往前走！

看吧！沒事吧！

濃濃的路燈光就是我們的舞台，

大家的目光都在我們身上！

我們就是

挺激無聊疏菜森林的英雄！

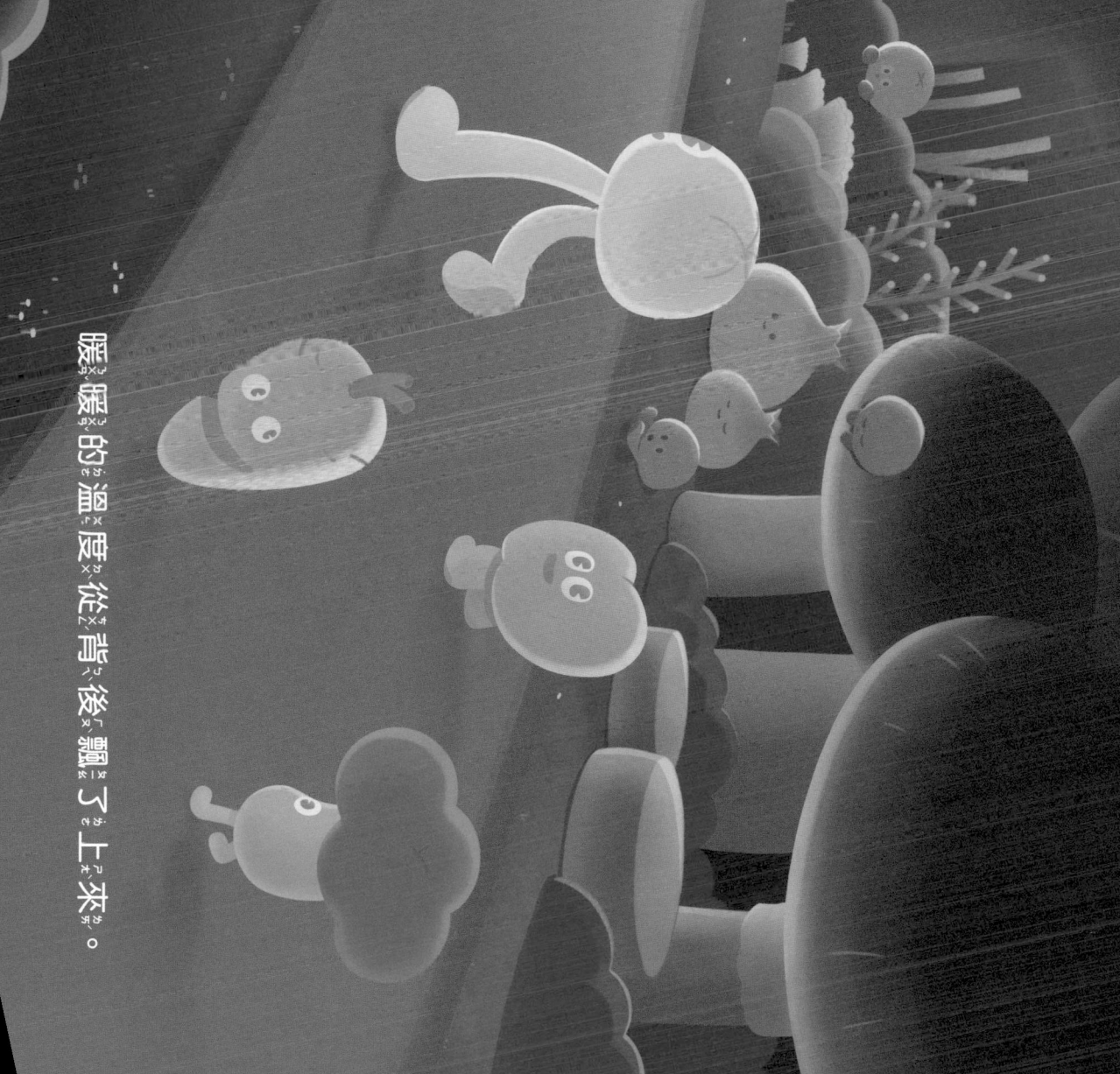

暖暖的溫度從背後飄了上來。

濃（ㄋㄨㄥˊ）湯（ㄊㄤ）海（ㄏㄞˇ）浪（ㄌㄤˋ）的（ㄉㄜ˙）真（ㄓㄣ）的（ㄉㄜ˙）出（ㄔㄨ）現（ㄒㄧㄢˋ）了（ㄌㄜ˙）！

天（ㄊㄧㄢ）啊（ㄚ˙）！

大家快跑啊！

都還來不及跨出下一步，

下午4點44分4秒！

紅蘿蔔、花椰菜與蘑菇們，

果然被大家一直「很害怕的濃湯海浪」給沖走了。

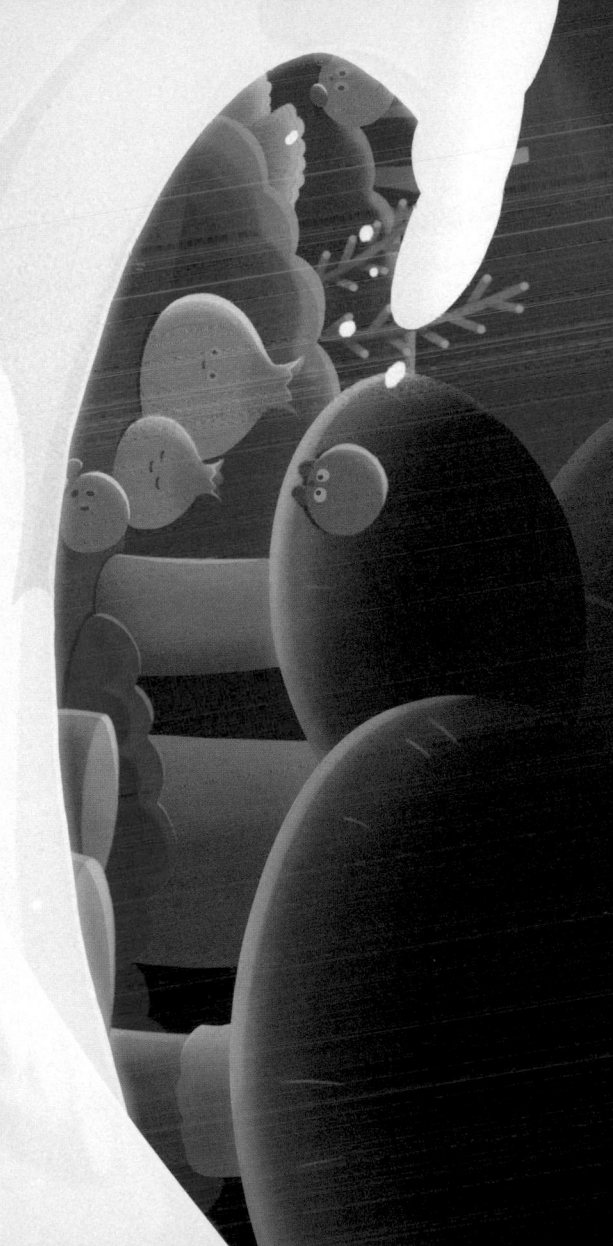

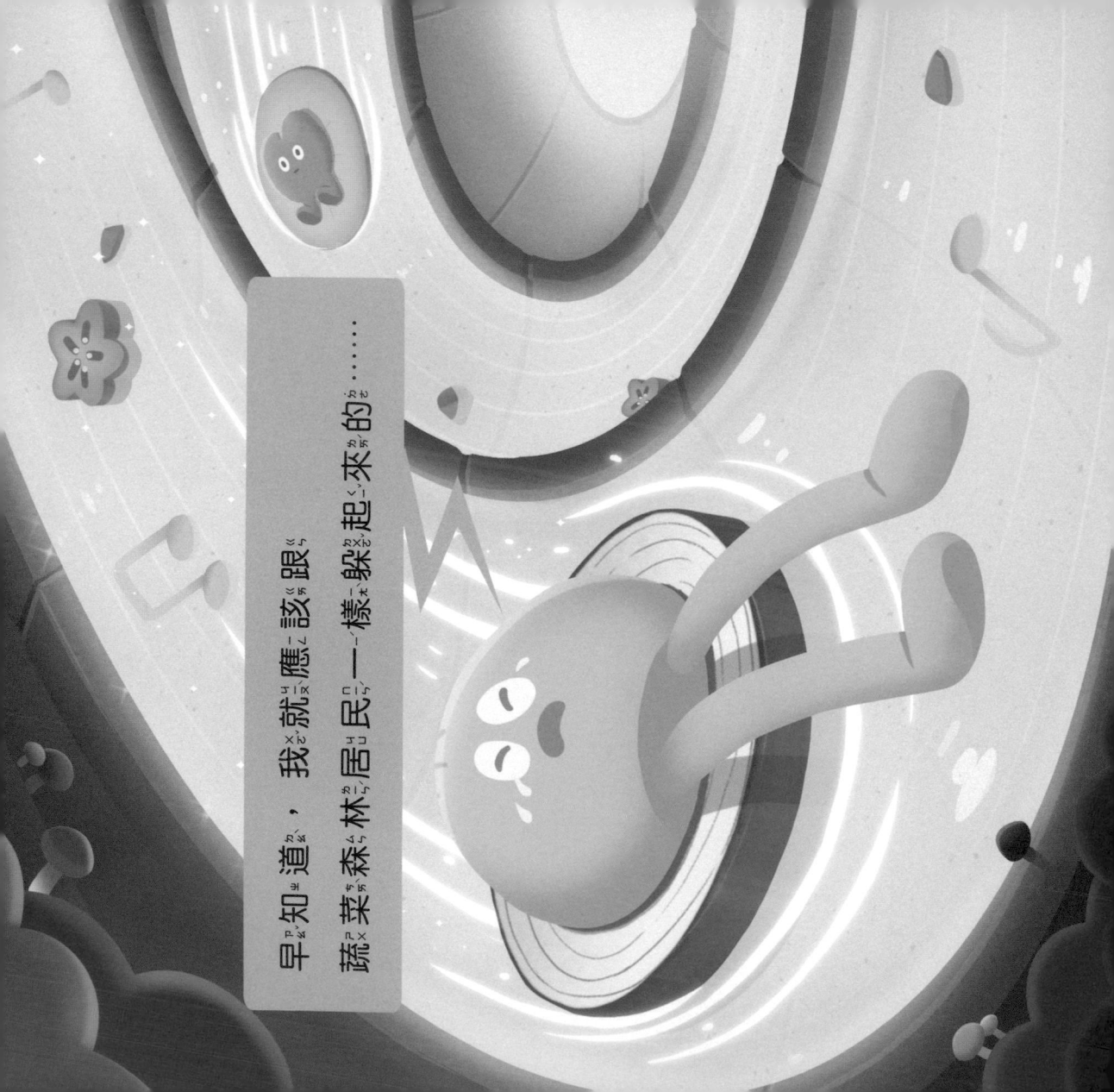

早知道，我就應該跟蔬菜森林居民一樣躲起來的……

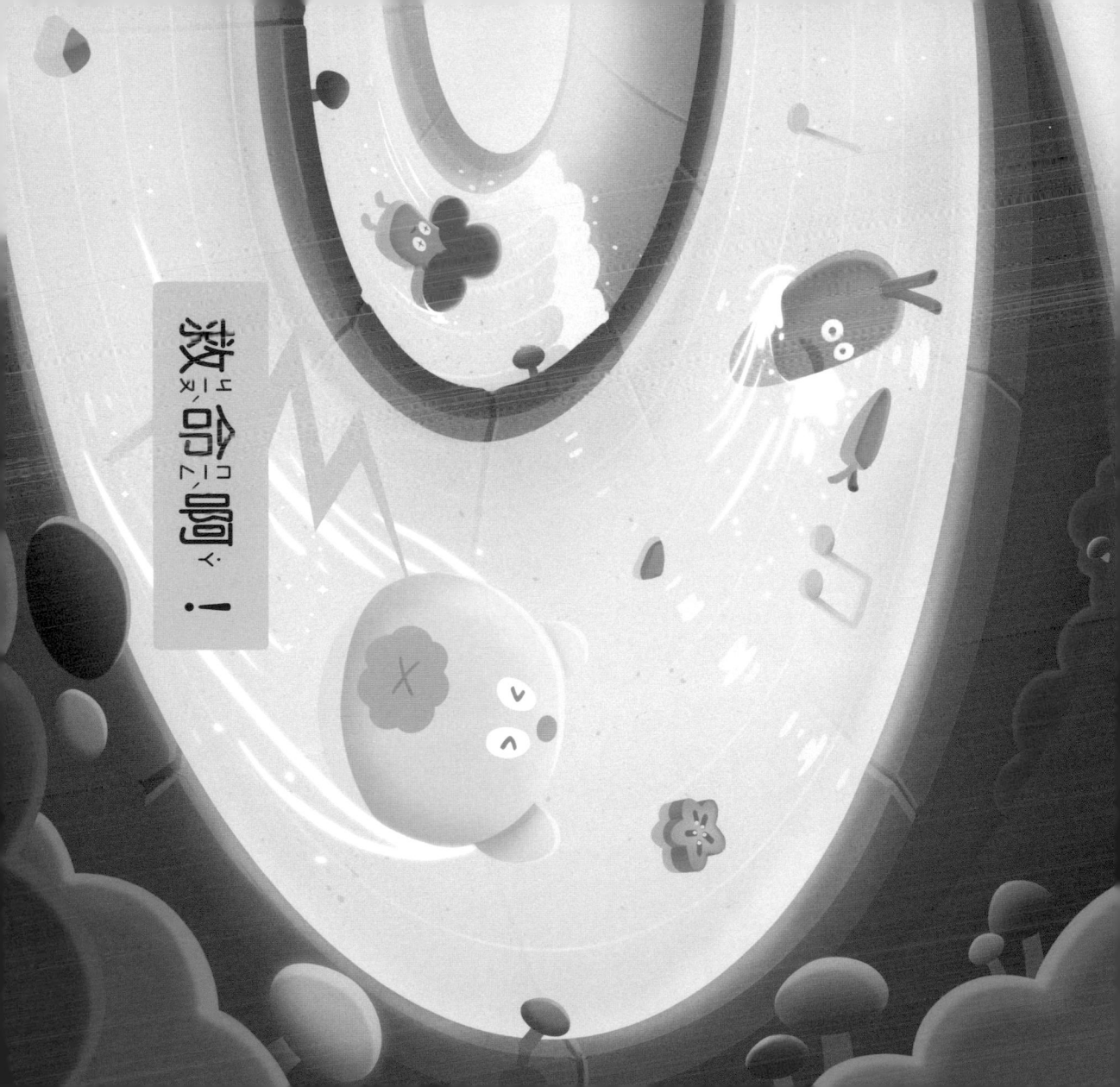

救_{ㄐㄧㄡˋ}命_{ㄇㄧㄥˋ}啊_ㄚ！

撲滅！

咦？這裡是哪裡？好溫暖唷！

我從來沒有看過那麼漂亮的地方。

難_ろ道_か這_ま這_ぬ裡_か就_し是_プ蘑_こ菇_メ濃_ろ湯_た嗎_Ｙ？

濃濃的牛奶和淡淡的香草，

加上一咪咪的胡椒。

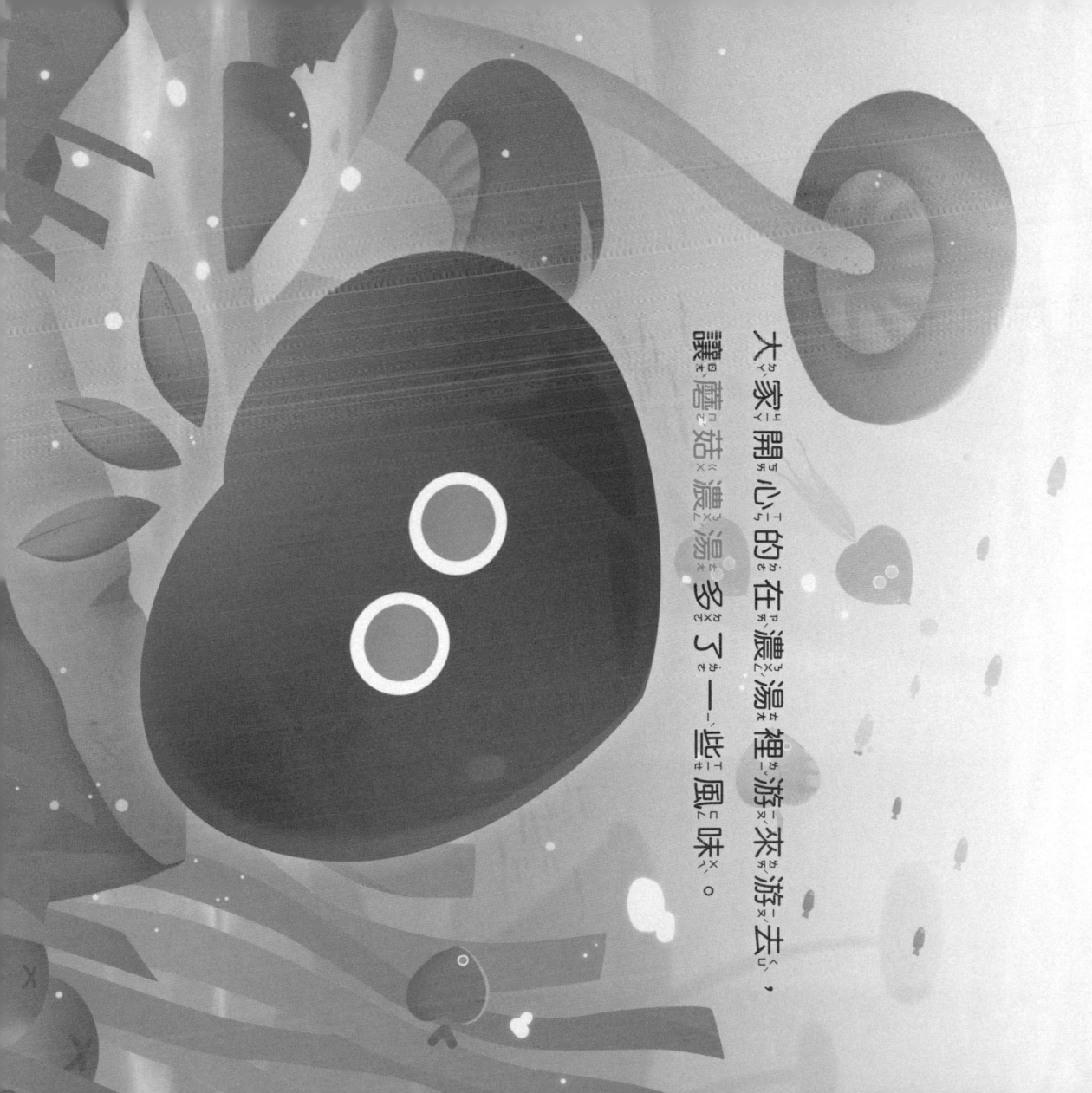

大家開心的在濃湯裡游來游去，
讓香菇《濃濃湯多了一些風味。

喂ㄟˋ，新ㄒㄧㄣ來ㄌㄞˊ的ㄉㄜ˙！超ㄔㄠˋ快ㄎㄨㄞˋ上ㄕㄤˋ來ㄌㄞˊ！
大ㄉㄚˋ家ㄐㄧㄚ都ㄉㄡ在ㄗㄞˋ等ㄉㄥˇ你ㄋㄧˇ們ㄇㄣ˙唷ㄛ˙！

麵包烏龜一邊說一邊把大家

接到他的背上，

咻～

的一聲，從濃湯底游了上岸。

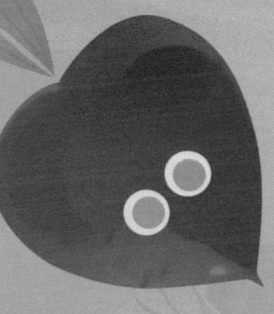

歡迎來到蘑菇濃湯村！

這裡有吃不完的美食

和永遠不會結束的音樂派對唷！

你們再也不會覺得無聊了！

難怪被濃湯海浪沖走的人，

都不想回去蔬菜森林了。

在讀蔬菜森林裡有一個規矩，

就是在下午的 4 點 44 分，

絕對不可以走在路上。

你還記得會發生什麼事嗎？

好高、好圓、好美和花椰菜，

他們悠哉悠哉的在下午4點43分

走在漫漫路上。

登登登登！萌問！

哪一種方法可以最快

逃出滾燙海浪的魔爪呢？

腳踏車

滑板

直排輪

跑步

時間倒數，三、二、一──。你選好了嗎？

準備就位！

緊張緊張緊張，刺激刺激刺激！
花椰菜目前保持一路領先！

花椰菜爲了換他的假髮，
被捲入濃湯「海」浪中。

眼看著濃湯海浪就要沖過來了！
剩下的三位蘑菇奮力的往前衝！

抵ㄉㄧˇ達ㄉㄚˊ終ㄓㄨㄥ點ㄉㄧㄢˇ！

你ㄋㄧˇ猜ㄘㄞ到ㄉㄠˋ第ㄉㄧˋ一名ㄇㄧㄥˊ是ㄕˋ誰ㄕㄟˊ了ㄌㄜ嗎ㄇㄚ？

恭喜三位魔菇，成功逃出濃湯海浪的魔爪！

小朋友，你知道時速是什麼嗎？
時速，就是我們在一小時內移動的距離。

DO YOU KNOW
時速是什麼？

通常來說，人類跑步的時速是 7-8 公里，
滑板是 5-10 公里，直排輪是 16-24 公里，
腳踏車則是 15-25 公里。

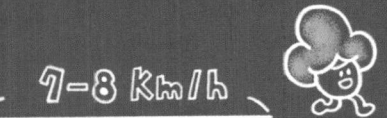

7-8 Km/h

5-10 Km/h

16-24 Km/h

15-25 Km/h

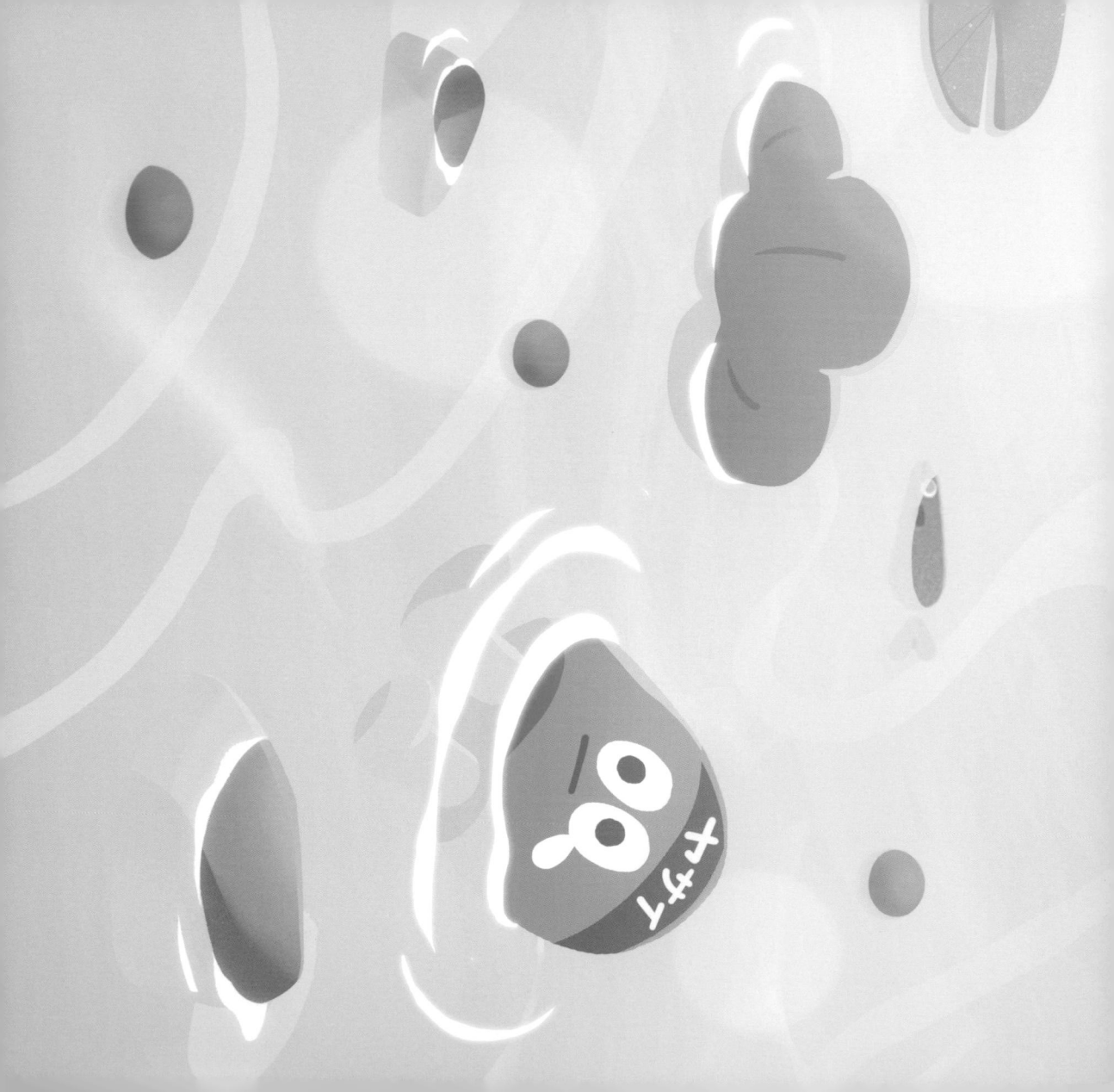

但是速度的快慢，還是因人而異囉！

下次趕時間的時候，

你知道要用什麼方法了嗎？